KB153258

꿈은, 미니멀리즘

깊은, 미니멀리즘

은모든 글×아방 그림

미메시스

차례

1

그 공간은 텅 비어 있었다.

하얀 벽지로 감싸인 방 한편에 원목 스툴 하나가 놓여 있을 뿐이었다.

그럼에도 거기에 뭔가 부족하다는 느낌은 들지 않았다. 소명은 바로 그 점에 매혹되었다.

2

「어쩐지, 네가 이자벨 마랑 블라우스를 주겠다고 하더라.」

채경은 소명의 이야기를 듣고 나서 그간의 의문이 풀렸다고 했다. 요즘 들어 소명이 자신의 메시지에 시큰둥한 것 같아서 신경이 쓰였다는 말도 덧붙였다. 사실 채경이 언급한 〈메시지〉의 3분의 1쯤은 인터넷 쇼핑 링크가 차지하고 있었다. 결혼식을 올리기에 앞서 신혼집으로 이사를 준비하고 있는 채경은 새로 사야 할 것이 차고 넘쳤다. 그녀는 화장대의 디자인을, 냉장고의 컬러를, 블루투스 스피커의 크기를 고민할 때 소명이 함께해 줬으면 했다.

「나한테 뭐 화난 거 있는 줄 알았잖아.」

「진짜? 미안. 아직 시작 단계라 막상 갖다 버린 건 하나밖에 없는데 내가 너무 유난이었나 보다.」

채경은 괜찮다고 말하면서 휴대폰을 확인했다. 그러더니 급한 메일을 한 통만 보내겠다고 양해를 구한 후에 양손 엄지를 바삐 움직였다. 메일 작성을 끝내자마자 걸려 온 짧은 통화를 마친 후에야 채경은 소명과 대화를 이어 갈 수 있었다.

「진작 알려 주지. 나 다이어트하려는 사람한테 계속 맛집 링크 보낸 거나 마찬가지잖아.」 채경은 허탈한 듯 웃더니 돌연 소명의 어깨를 짚었다. 「그럼 오늘 가지고 나온 건 어떡해? 이것도 괜히 가져온 거 아니야?」

소명은 고개를 저었다. 우선 그것은 생필품에 분류될 만한 제품이므로 불필요한 소유와는 거리가 멀다는 점을 분명히 했다. 게다가 자칫하면 버려질 뻔한 것을 되살리는 것이므로 환경적으로도 일석이조가 아니냐고 말이다. 채경은 고개를 끄덕였지만 석연치 않은 표정을 지었다. 그 이유를 소명은 카페에서 나와 채경의 차 트렁크를 열었을 때 확인할 수 있었다. 소명이 가져갈 공기 청정기 옆에는 발뮤다의 토스터가 자리하고 있었다.

「혹해서 사긴 했는데 내가 속 쓰려서 빵을 잘 못 먹으니까 너 주려고 했지. 너도 전에 이거 갖고 싶어 했잖아.」 채경의 어투는 마치 변명이라도 하는 것 같았다.

소명은 흔들렸다. 수많은 책과 기사와 블로그를 탐독하며 세워 둔 원칙을 상기했지만 위기였다. 머릿속에서는 이미 죽은 빵도 되살린다며 김이 나는 크루아상을 베어 물던 어느 탤런트의 호들갑이 생생하게 재생되고 있었다. 한때 마음을 동하게 했던, 30만 원에 달하는 가전제품을

공짜로 얻을 수 있는 기회는 그만큼 유혹적이었다. 소명은 일단 시간을 버는 작전을 쓰기로 했다.

「여기서 집에 가는 동안에 생각해 봐도 돼?」

채경은 그러라고 했고, 소명은 토스터를 가져간다면 일주일에 몇 번이나 쓸 것 같은지 생각해 보았다. 아마도 한두 번이 아닐까 예상했지만 정말 빵 맛을 즐기는 데 큰 도움이 된다면 더 늘어날 수도 있을 터였다.

하지만 집 안의 공간을 떠올리자 정신이 번쩍 났다. 집은 원룸이었고, 대개의 원룸이 그러하듯 주방이 좁았기 때문에 새로 가전제품을 들인다면 냉장고 위에 올려야 할 상황이었다. 그리하여 소명은 평정심을 되찾았다. 채경에게 깜짝 선물을 챙겨 준 마음은 고맙지만 공기 청정기만 가져가겠다고 말했다.

「심소명, 비장한데.」

그렇게 말하며 차에서 내림과 동시에 또다시 채경의 휴대폰 벨이 울렸다. 당장이라도 눈이 감길 듯한 표정과 달리 〈기자님, 제가 안 그래도 지금 연락드리려고 했는데……〉 하고 말문을 여는 채경의 목소리는 간드러지다시

피 했다. 통화가 길어졌으므로 소명은 같이 날라 주지 못해서 미안하다고 손짓하는 채경을 뒤로하고 공기 청정기를 안아 들었다. 헉헉대며 계단을 올라 집으로 들어온 뒤 소명은 토스터를 들이지 않길 잘했다고 안도했다. 공간뿐만 아니라 토스터의 색감 또한 문제였던 것이다. 화이트 톤으로 맞춘 주방에 검고 큼지막한 전자제품을 들여왔더라면 그 즉시 후회했을 터였다.

그 순간 소명은 빵을 유달리 좋아하는 완주를 떠올렸고, 방금 전에 헤어진 채경에게 전화를 걸어 그 사실을 전했다. 채경이 우물쭈물거리자 〈그 김에 자연스럽게 화해도 하고, 좋잖아〉 하고 채근했다.

「알았어. 완주 땡잡았네. 그런데 너 처음으로 딱 하나 버렸다는 거, 그건 뭐였어?」채경이 물었다.

3

큼지막하고 시끄럽고 날름날름 시간을 잡아먹는 것.

침대 왼쪽 벽에 걸려 있던 TV는 소명의 저녁 시간을 탕진시켰으며, 〈먹방〉이라는 공격을 통해 뜻하지 않게 야

꿈은, 미니멀리즘

식을 찾도록 만드는 주범이었다. 소명은 늘 쓸데없이 TV를 틀어 놓는 시간을 줄여야 한다고 생각하면서도 여태껏 실행에 옮기지 못하고 있었다. 그러기는커녕 집에 들어오면 어쩐지 적적한 마음에 습관적으로 리모컨에 손을 뻗었다.

미니멀리즘에 관심을 가지게 되었을 때 소명은 지금이야말로 TV와 일별할 기회라고 마음을 굳혔다. 그래서 인터넷 지역 커뮤니티에 TV를 중고 제품으로 내놓았고, 관심을 보이는 이가 나타나자 지체 없이 떠나보냈다.

소명은 언젠가는 해야 할 일이라고 여기던 일을 해치운 뒤의 후련함을 맛봤다. 다만 한 가지 마음에 걸리는 게 있다면 몇 해 동안 TV를 걸어 두었던 자리의 벽지에 전선과 나사를 들어낸 자국이 남았다는 것이었다. 그리하여 채경과 통화를 마친 소명의 시선은 이 집으로 이사 온 이래 책장 위에 처박아 두기만 했던 포스터 뭉치로 향했다.

두 개의 지관통을 꺼내자 그간 관람한 영화와 공연, 전시의 포스터와 팸플릿이 쏟아져 나왔다. 그중 맨 먼저 눈에 들어온 것은 소명이 자원봉사단으로 활동했던 어느 영화제의 포스터였다.

그 순간 소명의 머릿속에는 영화제의 포스터와 같은 아쿠아마린 컬러의 단체 티셔츠를 받아 들던 순간이, 관객과의 대화가 진행되는 동안 질문을 하려는 관객에게 마이크를 전하기 위해 극장 안을 분주히 가로질렀던 일이 떠올랐다. 평소 자신의 취향과 거리가 먼 탓에 어째서 인기를 끄는지 알 수 없었던 배우를 코앞에서 마주한 뒤 자기도 모르게 〈장난 아니다〉 하는 감탄사를 육성으로 내뱉고 황급히 도망쳤던 일도 기억났다.

그런가 하면 아쿠아마린 티셔츠가 근사하게 어울리는 말갛고 날씬한 다른 자봉과 자신을 비교하며 다이어트를 결심하고, 외국어에 능통한 자봉을 볼 때마다 하염없이 부러워하던 감정도 생생하게 되살아났다. 묘한 것은 그러한 기억조차 지금은 전부 청춘의 추억으로 느껴진다는 것이었다. 세월이 흐르는 동안 누군가 자신의 기억 사이사이에 아쿠아마린 빛깔 물감을 풀어 놓기라도 한 것 같았다.

할 수만 있다면, 소명은 스물을 막 넘긴 당시의 자신 앞으로 날아가서 기운을 북돋워 주고 싶었다. 풋풋한 기

꿈은, 미니멀리즘

운이 넘치는 너 또한 단체 티셔츠가 잘 어울리므로 기죽을 필요가 없다고 말이다. 단, 영화제 자봉단 활동처럼 즐기며 하는 대외 활동은 이것으로 끝이어야 한다는 말도 반드시 전할 터였다. 또래 대학생들이 스펙을 쌓는 과정을 따라가면서 추억도 만들어 가고 있다고 생각할 테지만 그것으로는 한참 부족하다고, 그러다가는 나중에 외국계 회사에 취업한 채경이 받는 연봉의 절반쯤밖에 받지 못하면서 일하게 되리라고 말이다. 소명은 가벼이 한숨을 쉬었고 극히 자연스러운 흐름으로 캔 맥주를 가지러 냉장고 앞으로 갔다. 그리고 냉장고 문을 열었을 때야 정신이 들었다.

미니멀리즘을 실천하며 세간에 알려 온 이들, 소명에게는 일종의 〈선지자〉와 다름없는 이들이 우선적으로 정리하도록 권하는 것은 대개 옷과 책이었다. 그리고 자칫하면 상념에 잠겨서 일손을 놓기 쉬운 추억의 물품을 정리 후반부에 배치하도록 조언했다. 소명은 선지자들의 말씀을 되새기며 포스터 더미 앞으로 복귀했다. 벽에 붙일 것 하나, 여유분 하나만 남기기로 하고 정리에 속도를 붙였다. 포스터든 팸플릿이든 한 장의 소유 여부를 두고 고민하는 데 5초 이상은 쓰지 않기로 했다. 또한 선지자들의 가르침대로 앞으로 쓰이지 않을 것을 알면서도 버리기에 아쉬운 포스터는 사진으로 남겨 두었다.

한 시간 뒤, 소명은 TV를 들어낸 벽에 예의 아쿠아마린 빛깔 포스터를 붙였다. 그리고 포스터 한 귀퉁이에는 스툴이 놓인 방의 사진을 덧붙여 놓았다. 침대에 모로 누웠을 때 자연스레 시선이 닿는 자리였다. 그날 밤 잠자리에 들기 전에 소명은 한 번 더 그 사진을 바라보았다. 그리고 다짐하듯 이제 진짜 시작이라고 되뇌었다.

4

「내가 얘기해 줄게.」완주는 다짜고짜 그렇게 말했다. 「안 쓰는 것 열 개 가지고 있는 것보다, 내 마음에 꼭 드는 것 하나를 가지고 쓰자. 그거 따라하다가 샴푸 통 하나까지 깔끔한 거로 다 새로 사고 있지? 무지에서 50만 원쯤 긁었지? 아님 이케아?」

「나도 얘기해 줄게. 그럴까 봐 천천히 진행 중이야. 이번 주에 옷 정리할 거야.」

꿈은, 미니멀리즘

소명의 대답을 들은 완주는 수화기 저편에서 한숨과 하품이 섞인 듯한 소리를 냈다. 소명은 완주에게 5학년의 문제아는 여전하냐고 물었고, 완주는 더 심해졌다고 말했다.

완주는 이십 대의 중후반을 임용 고시에 바쳤고, 지난해부터는 입시 학원에서 파트타임 강사로 용돈을 벌며 공무원 시험을 준비하고 있었다. 그녀가 중고등부 강사 생활에 어느 정도 적응했을 무렵에 새로운 변수가 생겼는데, 원장의 간곡한 부탁으로 초등학교 고학년을 맡게 된 것이었다. 그 일을 계기로 완주는 임용 고시를 포기한 것이 다행인지도 모른다는 생각을 하게 됐다. 5학년 중에 가장 덩치가 큰 아이가 수업 시간에 수시로 완주의 말을 끊으며 〈선생님, 내가 얘기해 줄게요!〉라고 소리를 질러 댔기 때문이었다.

「스트레스 받아서 막 먹다가 또 2킬로 더 쪘잖아. 요새 엄마가 내 눈에 안 보이게 빵을 숨겨 놓는 지경이 됐다고.」 완주가 볼멘소리를 한 뒤에 〈토스터 땡큐〉 하고 덧붙였다.

「나한테 고마울 게 뭐 있어. 채경이한테 해야지. 너, 그때 말이 심했다고 사과는 했어?」

「응. 했어. 내가 오버했지 뭐. 인정해.」 완주가 기운 없이 중얼거렸다.

몇 해 전에 소명은 완주의 성격이 변해 가고 있다고 느꼈다. 얘가 이렇게 꼬아서 말하는 애가 아닌데 내가 과민하게 받아들이는 걸까, 하며 끙끙대다 채경에게 이야기 하자 그녀도 대번에 동의했다. 두 사람은 완주가 진짜 마지막이라고 정해 두었던 시험을 치르고 나서 반 년 만에 만났을 때 어렵게 그 이야기를 꺼냈다. 그러자 완주는 그간의 과오를 시원스레 인정했다.

「응, 그랬을 거야. 나보다 한 2년 더 이 생활을 한 선배랑 어쩌다 점심을 먹었는데, 딱 지금 너희가 나한테 말하는 그게 느껴지더라고. 그 선배 보니까 한 달에 한 번이라도 밖에 나가서 사람들도 만나고 해야겠다 싶더라. 안 그러면 사회적 스킬 같은 거를 다 잊어버리는 거 같더라고. 그러니까, 나도 아마 그랬을 거야.」

시선을 물 잔에 둔 채 덤덤하게 말하는 완주의 모습에

꿈은, 미니멀리즘

소명은 눈물이 핑 돌았다. 그날 이후 완주가 가끔 가시 돋친 말을 해도 소명은 차분히 사과를 요구하고, 미안하다는 말을 들은 후에는 뭐든 마음에 담아 두지 않기로 했다.

「야! 그래도 친구가 새 삶을 산다는데 응원을 해줘야지.」소명은 장난스럽게 투정을 부렸다.

「응원하지 그럼. 그냥 신기해서 그래. 네가 옷을 정리하겠다니. 내가 영혼을 빵에 팔았을 때, 너는 옷에다 판 거 아니었어?」

「묵비권을 행사할게.」

「참, 옷만이 아니지. 화장품도 있잖아.」

「묵비권이라고.」

「야, 그럼 너도 이제 패션 같은 데 신경 안 쓰는 거야? 사복의 제복화? 스티브 잡스처럼?」

5

그럴 리가.

소명은 도리질했다.

자신의 피부 톤조차 제대로 모르던 시절부터 조금씩

확장시켜 온 끝에 비로소 틀이 잡힌, 패션이라는 세계를 통째로 폐기하다니, 생각만 해도 오싹했다.

조금씩 팽창한 패션의 세계가 원룸 안에서는 한쪽 벽의 대부분을 차지하고 있었다. 2미터에 달하는 두 단의 행거가 벽을 가로질렀고, 그 위에는 옷이 잔뜩 걸려 있었던 것이다.

소명의 목표는 그중 3분의 1만 남기는 것이었다. 그러면 최소한 한 계절에 자주 입는 옷을 한눈에 파악할 수 있으리라는 계산이 섰기 때문이었다. 소명은 우선 행거의 2층에 걸린 옷들을 전부 방바닥에 내려놓았고, 가슴 높이까지 쌓인 옷 더미를 보면서 같은 계절을 두 번 지나는 동안 한 번도 손이 가지 않았던 옷은 반드시 처분하라는 〈2년의 법칙〉을 되새겼다. 옷 더미 옆에는 빈 상자를 두었다. 그것은 처분을 망설이게 되는 옷을 위한 보류의 공간이었다.

자넬 모네의 음악을 재생시킴과 동시에 소명은 옷 더미를 파헤치기 시작했다.

20대 중반까지 고속 터미널 지하상가와 SPA 브랜드

를 드나들며 사 모은 온 옷들을 방 한편으로 내던졌다. 유행이 한참 지난 벨루어 소재의 트레이닝복, 사이즈가 작아진 청바지, 김연아 선수가 입은 모습을 보고 홀린 듯 구입한 케이프 스타일의 코트를 골라내면서는 고민할 필요조차 없었다. 행거 2층에 있었던 옷 중에 살아남은 옷은 열 벌 중 한두 벌에 불과했다.

하지만 아직 방심하기는 일렀다. 상대적으로 최근에 구입한 옷들이 행거의 1층에 자리했기 때문이었다. 게다가 핸드백도 전부 1층에 걸려 있었다. 소명은 보다 신중해졌고 보기만 해서 판단이 되지 않는 옷은 입은 채로 거울 앞에 서 보기도 했다.

거울 앞에서 한 바퀴를 돌아본 뒤에 소명은 패밀리 세일에서 구입한 산드로의 점프 수트를 일단 보류 상자에 넣었다. 이어서 자라의 트위드 재킷도 보류 상자 행이었지만, 한동안 마르고 닳도록 손에 쥐었던 발렌시아가의 클립 클러치는 처분하기로 했다. 듀엘의 랩원피스는 애매했다. 입을 때마다 잘 어울린다는 말을 들었던 옷이라 버릴 생각을 하니 아쉽다 못해 속이 쓰렸다. 하지만 지난 2년 동안

존재 자체를 잊고 있었으니 분명 앞으로도 입을 일이 없을 터였다.

마음을 다잡기 위해 소명은 스툴이 놓인 방의 사진에 얼른 시선을 던졌다. 압축 봉 행거가 벽면을 가로지르는 방은 결코 그 사진이 품고 있는 분위기에 다가갈 수 없었다. 한 계절 동안 자주 입을 옷만 걸어 둘 단선적 디자인의 하얀 행거가, 다른 계절 옷을 담아 침대 아래에 숨길 큼직한 부직포 상자가 배송 중이라는 사실도 되새겼다.

일단 가장 큰 마음의 짐이었던 옷을 정리하고 난 이튿날에 소명은 한결 홀가분한 마음으로 책장 앞에 설 수 있었다. 앞으로 더는 들춰 볼 일이 없으리라고 예상되는 책을 끄집어내는 것은 그다지 어려운 일이 아니었다. 대학교 졸업 앨범도 가차 없이 버리기로 했다. 한 시간 만에 작업을 마치고나서 내친김에 신발장도 열어젖혔다. 신발은 중고 판매가 쉽지 않으므로 골라낸 것은 쓰레기봉투 안으로 직행했다.

그때까지의 과정에서는 결단력이 가장 중요했다면, 이후는 본격적으로 체력을 요하는 단계였다. 소명은 가득 찬 100리터들이 쓰레기봉투 두 개를 내다 버리고, 버리는 김에 침대 옆의 얼룩덜룩한 러그와 낡은 좌식 테이블도 버렸다. 골라낸 옷 대부분은 기부 단체에 보내고, 책은 중고 서적으로 팔았다. 그 주 주말에는 새로 온 행거를 조립하고, 구석까지 바닥 청소를 한 후 여름옷을 제외한 옷과 이불은 상자에 담아 침대 아래에 밀어 넣었다.

한 주간 애쓴 결과 소명은 옷과 책이라는 집 정리의 가장 큰 조각을 일요일 저녁이 되기 전에 해치울 수 있었다. 샤워를 마치고 침대 위에 몸을 뉘이자 은근한 근육통을 동반한 나른함이 느껴졌다. 평소 같으면 습관적으로 TV 리모컨에 손을 뻗을 시점이었지만 집에는 더 이상 TV가 없었으므로 소명은 그저 모로 누운 채 방 안을 둘러보았다.

실내는 한결 간결해져 있었다. 전보다 좀 더 넓어 보이기도 했다. 그런 만큼 다음에 치워야 할 화장대 위는 평소보다도 난삽해 보였다. 그 외에도 주방 쪽과 욕실 등등, 아직 정리할 장소와 물건은 많이 남아 있었다. 하지만 이번 주에 해치운 것들에 비하면 식은 죽 먹기일 거라고

소명은 생각했다.

얕은 잠에 빠져 있던 소명을 깨운 것은 완주가 보낸 메시지였다. 완주는 속이 다 후련하다는 말 아래에 한 장의 사진을 올려 두었다. 노끈에 꽁꽁 묶인 책 더미를 담은 사진이었다. 소명에게 자극받아서 임용 고시 관련 서적 전부를 내다 버렸다고 했다. 소명은 완주가 그것들을 아직까지 가지고 있었다는 데 놀랐다. 하지만 그 말은 전하지 않았다. 대신 이렇게 적었다.

내가 얘기해 줄게.
잘했어! 지나간 건 털어 버려야지!

그러자 완주는 소명의 미니멀 라이프를 응원한다면서 스티브 잡스의 명언을 전해 주었다.

6

전 세계가 주목하는 프레젠테이션을 선보이는 자리에 매번 검은 니트 스웨터와 청바지를 입고 나섰던 스티브

잡스. 그는 정말로 중요한 일에 자신이 가진 에너지 전부를 사용하기 위해 옷에 대한 고민 따위는 하지 않는다는 말을 남겼다고 한다.

소명은 그의 말에 전폭적인 공감을 표할 수는 없었다. 패션에 관심을 두고 있어서만은 아니었다. 그보다는 자신이 한 명의 직장인이기 때문이었다. 중요한 프레젠테이션을 하면서 청바지를 입을 수 있는 직장인이 전 세계적으로 몇이나 될까 싶어서 약이 오르기도 했다. 그럼에도 불구하고 전 같으면 듣자마자 통째로 마음에서 튕겨 냈을 그 이야기가 이제는 미약하나마 가슴에 와 닿는다는 사실 또한 완전히 부정할 수는 없었다.

옷을 정리할 때처럼 신발도 3분의 1만 남기고 나자 신발장에 여유가 생겼고, 늘 여러 켤레의 구두가 엉겨 있던 현관에는 그날 출퇴근할 때 신은 신발 딱 한 켤레만 남았다. 그 덕에 소명은 집에 들어서면서부터 쾌적한 기분을 맛봤다. 그뿐만이 아니었다. 하얀색으로 통일한 2단 선반과 행거 쪽은 바라보는 것만으로도 좋았다. 행거 위에서 엄지 한 마디의 간격을 두고 걸어 둔 옷들은 바람이 불면

모빌처럼 살랑거렸다. 거기 걸린 옷은 모두 소명이 이 계절에 즐겨 입는 것뿐이었다.

그중 딱 한 벌, 행거의 맨 앞에 걸어 둔 보헤미안풍의 푸른 원피스만 제외하면 그랬다.

보류 상자로부터 부활한 그 원피스는 소명이 처음으로 관람한 록 페스티벌과 첫 해외여행을 함께한 추억이 담긴 옷이었다. 달리 말하면 소명이 〈아침형 인간〉이 되기 위해 발버둥 치던 시기에 가졌던 짧은 유희의 시간을 밝혀 준 옷이기도 했다.

그 시절 소명은 매일 세 종류의 알람을 맞춰 놓고 잠들었다. 머리맡에 둔 첫 번째 알람은 5시에 울렸는데 대체로 끈 기억조차 없었다. 여전히 침대에 누워서 휴대폰에서 울리는 두 번째 알람을 정지시키면서도 제대로 의식이 돌아오지 않았고, 일부러 욕실 문 앞쯤 둔, 가장 요란한 세 번째 알람이 울리면 소명은 그제야 침대에서 일어나 기다시피 해서 알람에 손을 뻗었다.

학창 시절보다 더욱 치열하게 졸음과 사투를 벌이며 회화 수업 아침반에 다니고, 퇴근한 뒤 일주일에 세 번은

반드시 필라테스 수업을 들었다. 그러고서 먹는 저녁 식사는 샐러드에 닭가슴살이나 계란 흰자를 얹은 것이었다. 기운이 달려서 꾸벅꾸벅 졸면서도 잠자리에 들기 전에는 반드시 세무 관련 자격증 참고서를 펼쳤으며, 주말에는 학원 수업도 들었다.

소명은 1년 남짓한 시간 동안 스스로를 그렇게 몰아붙일 수 있었던 에너지의 근원을 단 하나의 단어로 요약할 수 있었다. 그것은 다름 아닌 〈저기요〉라는 말이었다.

소명이 그 말을 들은 시점은 첫 직장이었던 세무 사무실에서 퇴사한 후 7개월간의 구직 끝에 지금 근무하는 설계 사무소에 입사한 직후였다. 전체 인원이 스무 명 남짓한 소기업인 사무소는 주로 저층 건축물의 내부 인테리어 설계와 시공을 진행하는 곳이었다. 오너의 사촌이라는 팀장 아래 소명은 경영 지원팀의 유일한 팀원으로 배속되었다. 그리고 업무를 시작한 지 며칠 되지 않아서 이곳에서 연차가 쌓여 봤자 흔히 말하는 〈물경력〉밖에 되지 않으리라는 것을 예감했다. 인사 관련된 업무는 거의 없다시피 했으며, 실질적인 회계와 세무 업무는 전문 회계사와 세무

꿈은, 미니멀리즘

사를 통해 처리되었던 것이다. 그럼에도 소명은 늘 혼자 분주했다. 팀장이 빈둥거리는 동안 비품과 복리 후생 관리, 각종 전표 처리에 대표 일정까지 챙겨야 했기 때문이었다.

「저기요, 탕비실에 녹차 티백 떨어졌던데요.」

고작 스무 명이 일하는 사무실에서 함께 일하는 동료가 자신을 〈저기요〉라고 부르고 이름을 묻지조차 않던 그날의 충격을 소명은 잊지 못했다. 그에게 당신은 얼마나 잘났기에 같은 직장에 다니는 사람을 그렇게 부를 수 있느냐고 따져 묻고 싶었지만, 순전히 스펙만으로 본다면 그가 자기에 비해 상당히 잘난 사람이라는 사실을 소명은 인정하지 않을 수 없었다. 사실 직장 안에서 건축 분야의 비전공자인데다 내세울 만한 학벌도 가지고 있지 않은 사람은 오직 팀장과 소명뿐이었다. 그 이야기를 하자 부모님은 소명의 속도 모르고 회사에서 결혼할 남자를 한 명 잡으면 되겠다고 했다.

잡기는 뭘 잡아. 소명은 생각했다. 아마 잡으면 〈저기요, 놓으세요〉 할 거라고 말이다.

그때부터 한동안 소명은 주변에 비해서 자신이 뒤처지고 부족한 점을 채우는 일에 매달리게 되었다. 잠을 줄이고 식사량도 줄였다. 그러면서 쌓인 스트레스는 대부분 쇼핑으로 풀었다. 특히 옷과 화장품을 사는 데 빠져 있었다.

그중 옷은 정리를 마쳤으므로 이제 화장품 차례였다.

선지자들이 이르길 화장품 정리의 첫 번째는 유통 기한이 지난 것을 모아 버리는 것이었다. 소명은 먼저 오래된 립스틱을 골라내기로 했다. 케이스만으로도 사랑하지 않을 수 없었던 톰 포드 네이키드 코랄이여 안녕. 이렇게 보내는구나. 잘 가렴 맥 루비우. 네 덕에 내 얼굴에는 매트 립이 안 받는다는 걸 알았구나, 하고 인사말도 건넸다.

다음으로 아이섀도가 가득 든 바구니를 뒤엎었을 때였다. 소명은 한동안 아무리 찾아도 없어서 잊어버린 줄만 알았던 샤넬의 브로치를 발견하고 탄성을 질렀다. 동시에 소명은 그것을 선물한 사람을 떠올렸다. 그때까지의 연애 상대 중 소명에게 가장 많은 선물을 안겨 주었던 남자였다. 잠시 일손을 멈춘 소명은 그 오빠는 요즘 어떻게 지내

려나? 하는 생각을 했다. 바로 그 일이 주술적 효과라도 불러일으킨 양 며칠 후에 그에게서 전화가 걸려 왔다.

7

「네가 어쩐 일로 처음 보는 남자를 집에다 다 들였어? 자초지종부터 자세히 말해 봐.」

완주는 음료를 주문하자마자 두 눈을 반짝이며 물었다. 그러나 소명은 잠시 숨을 돌리자고 했다. 철강 공장을 리모델링해서 만들었다는 펍의 인테리어에 시선을 끄는 요소들이 넘쳤기 때문이었다. 은은한 황금빛 조명을 받으며 맞물려 굴러가는 수십 개의 톱니바퀴 오브제를 비롯하여, 크고 작은 기계의 부품과 설비가 매장 안 곳곳에 배치되어 있었다. 소명은 한 달에 한 번씩 〈문화적 보상 데이〉를 갖는 완주를 따라서 옛 공장이나 주택을 개조해 만든 핫플레이스를 여러 군데 가보았다. 하지만 이곳처럼 그 공간이 본래 가지고 있던 물성을 적극적으로 인테리어에 활용한 곳은 처음이었다.

사실 그동안 소명은 인테리어에 도통 흥미가 가지

않았다. 그러나 요즘 들어 문득 자신이 직장인으로서 몸담고 있는 분야에 지금까지 너무 무관심했던 것은 아닐까 하는 데 생각이 미쳤다.

「얘가 집을 치우더니 어른이 되어 가네.」완주가 말했다. 「여기서 길 하나만 건너면 러시아 사람들이 직접 하는 펍도 있다는데, 이따 한 번 가 볼래? 거기도 이국적으로 잘 꾸며 놨대.」

「좋지. 너 한 달에 딱 하루 노는데 한 군데 죽치고 있기도 아깝고.」

「그럼 2차까지 정했으니까, 빨리 얘기해 봐. 어떤 남잔데? 아니다. 순서대로 그 말 많은 오빠 얘기부터 해야지. 설마 다시 만나는 건 아니지?」

「절대 아니야.」소명이 거세게 고개를 저었다. 「그 인간은 재활용이 안 되는 인간이야. 내가 통화한 지 5분도 안 돼서 아주 학을 뗐다니까.」

두 해 전에 소명에게 선물 공세를 퍼부었던 그는 애틋한 음성으로 오랜만이라고 인사를 건네며 안부를 물었다. 그리고 소명이 그럭저럭 지낸다는 말을 끝내기 무섭게 자신의 신상에 대해 전했다.

　그는 이번에 승진했는데 이직을 하고 얼마 지나지 않은 시점이라서 주변에 이만저만 눈치가 보이는 게 아니라고 했다. 이어서 자신이 받는 연봉의 액수를 암시했고, 새로 구입한 차를 몰고 다닐 시간이 날지 모르겠다는 말도 했다. 이후에도 투정을 빙자한 자랑이 30분 가까이 이어졌다. 어쩌면 이렇게! 하고 소명은 감탄을 금할 수 없었다. 어쩌면 이렇게 변함이 없을까. 나이가 마흔이 다되도록 어쩌면 이렇게 자기 자랑하는 데만 급급할까.

　「그게 다 목이 말라서 그런 거야.」 완주가 킬킬대며 말했다. 「우리 원장도 그래. 자기 잘난 걸 온 세상이 알아줘야 되는데 아니니까, 칭찬이 부족한 거지. 정신 연령이 5학년 수준인 거야.」

　「그래서 그런 건가?」

　「그렇다니까. 야, 그럼 처음 본 남자는? 설마 그 남자도 말이 많아?」

　소명은 잠시 말을 골랐다. 사실 동우 역시 말수가 많은 편에 속했다. 또한 엄밀히 구분하면 처음 보는 사람이라고 분류할 수 없었다.

　동우는 소명이 최근에 가입한 지역 카페에서 열심히 활동하는 회원이었다. 소명은 토요일에 진료를 받을 수 있는 이비인후과를 묻는 글, 맛있는 바게트가 있는 빵집을 찾는 글처럼 유용한 정보 글에서 동우의 댓글을 보았다. 그리고 주방 정리를 감행한 소명이 미니 믹서를 무료로 나누어 드리려 한다는 글을 올리자 그가 맨 먼저 댓글을 달았던 것이다.

　만날 시간과 장소를 정하기 위해 연락을 주고받으면서 소명은 동우가 집에서 10분 거리에 위치한 빈티지 숍을 운영하고 있다는 사실을 알게 됐다. 내부에 들어가 본 적은 없었지만 스쳐 지나가면서 본 적 있는 곳인 데다 외출을 앞두고 있었으므로 소명은 미니 믹서를 동우의 가게까지 가져다주었다.

　흔한 지역의 무료 나눔으로 그칠 뻔했던 만남이 다른 양상을 띠게 된 것은 소명이 매장 입구 가까이 놓인 화분에 시선을 던지면서였다. 빈티지 수프 컵을 활용한 세 개의 앙증맞은 화분을 칭찬하자 동우는 쑥스러워하면서도 허브의 종류를 일일이 설명했다. 소명은 지나는 말로 식물을 키워 보고 싶은데 경험이 없다고 이야기했다. 그러자 동우가 마침 허브 씨앗을 넘치게 샀다며 나눠 주겠다고 나선 것이었다.

「수작들 부렸구만. 허브 씨가 무거운 것도 아닌데 그걸 가지고 같이 집으로 갔다고?」

「그때는 손님이 들어와서 일단 헤어졌어. 다음 날 그 사람 가게 마치고 나서 차 한잔했지.」

카페에 들어서면서 침묵으로 가득 찬 어색한 시간이 되지 않을지 염려했던 소명은 음료가 나오기도 전에 자신이 괜한 걱정을 했다는 사실을 알게 됐다. 동우는 수다스럽게 느껴질 만큼 이야기하는 것을 좋아했으며 질문을 던지는 타이밍 또한 지극히 자연스러웠다. 그래서 소명은 대학에서 경영학을 전공한 이래 현재의 직장에서 5년 넘게 근무하게 되기까지의 일들을 술술 말하게 됐다. 한때는 아침형 인간이 되어 보려고 노력하다가 편두통만 얻고 지쳐서 포기한 이야기, 상담 대학원 진학을 두고 오래도록 고민했던 일까지 털어놓았다.

꿈은, 미니멀리즘

「뭘 시작할 기운이 안 나요. 이제는 나한테 남은 게 별로 없는 거 같아요. 그런데, 아직 이십 대면 이런 기분은 못 느껴 보셨겠죠?」 소명이 뒤늦게 겸연쩍어하며 말했다.

「누나! 저 그 기분, 너무 잘 알아요!」 어느새 동우의 입에서는 누나라는 호칭이 나왔다. 「저는 그게 스물두 살에 왔어요. 그때 완전히 번아웃이었거든요.」

동우는 먼저 자기 부모님의 열렬했던 교육열에 대해 설명하기 시작했다. 아들 둘을 특목고와 명문대에 합격시키겠다는 일념으로 가계에 무리가 갈 정도의 금전적 투자를 퍼부었으며, 매질에 가까운 체벌 또한 서슴지 않았다는 것이었다. 동우는 결국 재수 끝에 부모님이 원하는 학벌을 가지게 되었다. 그러나 첫 학기를 마치기도 전에 대학에 흥미를 잃었다고 했다. 대학뿐만이 아니라 사는 일 자체가 마냥 지루하고 의미 없이 느껴졌다. 그나마 관심이 가는 일이라고는 뒤늦게 시작한 리니지뿐이었다.

그해 하반기에 리니지에 빠져 허송세월하는 동우를 보며 부모님은 눈물을 흘리기도 하고 폭언을 퍼붓기도 했다. 그러나 당시에 동우는 그 모습을 보면서도 마음이 아프거나 미안하지 않았다. 어쩌라고, 하는 마음뿐이었다. 하고 싶은 것도 없고 다 귀찮기만 한데 그럼 어쩌라고. 속으로 그렇게 수도 없이 외쳤지만 그 말을 입 밖으로 꺼내는 것조차 귀찮았다.

그러다 군대에서 제대한 형에게 반강제로 이끌려 떠난 여행이 동우의 인생을 바꿔 놓았다. 아무 계획 없이 떠난 여행이었으므로 동우는 게스트 하우스 건물의 옥상이나 공용 공간의 소파, 근처의 호숫가와 카페에서 몇 시간씩 멍 때리는 시간을 보냈다. 그러다 보니 조금씩 사람들과 어울리고 싶다는 생각이 들었다. 게스트 하우스에서 스치는 이들과 더듬더듬 영어로 잡담을 나누었고, 이따금 한국인 관광객이라도 만나게 되면 몇 시간씩 수다를 떨기에 이르렀다.

형이 한국으로 돌아간 뒤에도 동우의 여행은 이어졌다. 몇 번씩 국경을 넘으며 점점 더 짐이 줄어들었고 나중에는 정말 배낭 하나만 메고 다녔다. 필요한 건 그때그때 플리마켓이나 리사이클 숍을 통해 해결했고, 남들에게 가치를 다한 물건 중에 알짜배기를 고르는 일에서 쾌감을 맛

꿈은, 미니멀리즘

봤다. 특유의 수다스러운 성격으로 옆에서 옷을 고르는 사람들에게 참견하는 일도 잦았다. 한 번은 엷은 물빛 렌즈의 레이밴 선글라스를 손에 들고 고민하는 중년의 외국인에게 당신에게 무척 잘 어울리는 디자인이니 꼭 가져가라고 말해 주었다. 그러자 상대는 벙긋 웃으며 선글라스를 쓰더니 동우에게 이렇게 말했다.

「What's your name, my friend?」

일종의 형용 모순인 그의 말에 동우는 웃음이 나왔다. 그리고 친구와 함께 빈티지숍을 열게 됐을 때 그곳에 유쾌한 만남이 가득하기를 바라며 그 대사를 가게 이름으로 정했다.

소명과 동우가 서로의 인생사 전반을 털어놓고 나자 점원이 그들에게 다가와 마감할 시간이 되었음을 알렸다. 두 사람은 언제 시간이 이렇게 흘렀는지 놀라며 황급히 자리에서 일어났다. 동우는 그제야 타이 바질의 씨앗을 소명에게 건넸고, 처음에는 물에 적셔 발아시킨 후에 심도록 하라고 일렀다.

「발아를 시킨다고요?」

예쁜 화분을 사서 씨앗을 흙 위에 뿌리기만 하면 되는 줄 알았던 소명이 당혹스러워하자 동우는 어려울 것 없다며 자신이 집에 가서 직접 해주고 가도 된다고 했다. 그래도 초면에 집이라니, 소명은 일순 망설였다. 동우는 소명의 표정을 읽고 그럼 사진으로 발아시키는 방법을 보여 주겠다며 스마트폰을 들었다.

소명은 짧은 고민 끝에 동우를 잠시 집에 들이기로 했다. 불쑥 그러한 결정을 할 수 있었던 데는 동우의 신원 정보를 꽤 자세히 알고 있다는 점이 긍정적인 요소로 작용했다. 소명은 그가 운영하는 매장의 위치를 알았으며, 조금 전까지 나눈 이야기를 통해 부모님 두 분의 직장까지도 알고 있었다. 하지만 그보다 우선한 조건은 현재 자신의 집이 말끔하게 정돈돼 있다는 점이었다. 언제든 누구에게나 보여 줄 수 있을 만큼 정돈된 공간을 가지게 된 것은 고작 며칠 되지 않았기 때문이었다. 소명은 그 순간 스스로를 크게 칭찬하고픈 기분이 들었다.

「난 칭찬 못 해.」 완주가 심통을 부렸다. 「그래서 정말 허브 씨앗만 불려 놓고 갔다는 거야? 너무한 거 아니야?

　　　　　　　　　　　　꿈은, 미니멀리즘

나이 서른 넘어서 너무 그렇게 서로 플라토닉하게 그러는 거 아니야.」

「씨앗을 발아시킨다는 게 진짜 신기해. 치아 시드처럼 불더니 싹이 난다니까. 사진 있는데 볼래?」

「그래, 잘 키워 보고. 그 남자 사진은 없어?」

「없어.」

「가게 이름이 뭐라고? 인스타 뒤져 보면 나오겠지?」 완주는 휴대폰을 집어 들더니 돌연 박수를 짝 쳤다. 「야, 너 채경이 드레스 봤어? 개 너무 나갔던데 너도 좀 말려.」

완주는 소명에게 채경과 주고받은 사진을 보여 주었다. 그러자 소명의 입에서는 절로 〈장난 아니다〉 하는 말이 나왔다.

8

한 달여간 이어진 집 정리의 대미를 장식한 것은 서류 정리였다. 소명은 캐비닛 맨 아래의 서랍 두 칸을 뽑아 들고 마구잡이로 담아 두었던 서류 뭉치를 바닥에 쏟아부었다. 그다음 과정은 이미 익숙한 것이었다. 더 이상 사용하지 않는 가전제품의 품질 보증서, 몇 해나 지난 카드 고지서 같은 것들을 고민 없이 골라내고 죽죽 찢었다. 그렇게 나온 쓰레기를 재활용 쓰레기까지 가져다 버리는 데 20분도 걸리지 않았다.

문제는 마지막 정리 작업을 짧은 시간에 마쳤음에도 불구하고 어쩐지 찝찝한 기분이 든다는 사실이었다. 소명은 살아남은 서류가 든 클리어 파일을 꺼냈고 클립으로 집어 둔 지난 5년간의 건강 검진 결과를 비교하며 빈둥대다가 앗! 하며 자리에서 일어났다. 곧장 보험 증서가 든 클리어 파일 안을 들여다본 소명은 남아 있어야 할 세 종류의 증서 중 한 종류가 없다는 사실을 확인했다. 그런 이유로 소명은 때마침 무엇을 하느냐며 연락해 온 동우에게 이제부터 쓰레기를 뒤지러 가야 한다고 말하게 되었다.

「보험은 진짜, 제일 중요해요.」

퇴근길에 곧장 소명의 집 쪽으로 달려온 동우가 말했다. 소명도 그 말에 동의했다. 그랬기 때문에 두 사람은 재활용 종이를 수거하는 부대 자루 앞에서 이렇게 나란히 서 있는 것이었다. 부대 자루는 소명의 가슴 높이에 걸려 있

꿈은, 미니멀리즘

었고 3분의 1도 차 있지 않았으므로 팔을 뻗어도 내용물까지 손이 닿을락 말락 했다. 동우는 집에 긴 집게가 있느냐고 물었는데 소명은 고개를 끄덕였다가 다음 순간 다시 가로저었다. 욕실을 정리하며 집게도 버렸다는 사실을 깨달았던 것이다. 동우는 집게를 사러 다녀오겠다고 했다. 그러는 동안 소명에게 주어진 임무는 스마트폰에 플래시 앱을 다운받는 것이었다.

어깨를 늘어뜨리고 앱 스토어를 뒤적이던 소명은 혹시나 해서 보험 증서 분실 시 대처 방안을 검색해 보았다. 그러자 허무하게도 보험 증서는 전화나 이메일 한 통이면 간단히 재발급받을 수 있다는 사실을 알게 되었다. 소명은 즉시 동우에게 연락하여 되돌아오라고 연락했고, 한시름 놓았으므로 치맥을 사기로 했다. 하지만 치맥이라는 말이 무색하게도 치킨집에서 동우가 주문한 것은 맥주가 아니라 사이다였다.

「저는 술이 체질적으로 안 받거든요.」

겸연쩍은 듯 입을 연 동우는 소명이 가지고 있는 보험의 종류를 구체적으로 물었다. 그는 또한 소명에게 부모님이 들고 계신 보험도 이 시기쯤 반드시 체크해 보아야 한다고 강조했다. 특히 어머니의 경우에는 입원비 보험이 중요하다면서 권하는 보험사와 피해야 할 보험사도 일러주었다.

「부업으로 보험 해요?」

「아뇨. 재작년에 엄마한테 교통사고가 났었거든요. 그때 저도 간병을 했는데 보험사가 너무 치사하게 나오는 거예요. 엄청 싸웠어요, 그때.」

「고생 많았겠네요.」

「엄마도 저 때문에 고생 많았으니까 그거야 뭐.」 동우가 싱긋 웃었다. 「그러니까 꼭이에요, 꼭. 엄마 아빠 보험 증서 다 꺼내 놓으라고 해서 보장 내역을 처음부터 끝까지 제대로 봐야 돼요. 의외로 어른들이 그런 거 잘 못 하세요.」

「알았어요, 알았으니까 치킨도 좀 먹으면서 잔소리 해요.」

「화분에 물은 매일 주고 계시죠?」

닭의 목을 집어 든 동우가 물었다. 소명은 그렇다고

했지만 일순 대답을 망설이는 것을 동우가 눈치 채지 못할 리가 없었다. 〈애정을 주셔야죠!〉 하고 이어지는 동우의 잔소리가 어쩐지 듣기 싫지 않다고 소명은 생각했다.

9

새싹에는 신비한 힘이 있었다. 키친타월 위에서 발아한 씨앗을 손바닥만 한 화분에 옮겨 심은 뒤에 소명은 화분에 물을 주는 시간을 고대하게 됐다. 작고 가느다란 한 쌍의 초록 잎을 보면 자기도 모르게 미소가 지어졌다. 채경은 소명의 마음을 알 것 같다고 했다. 그녀의 어머니가 텃밭 일구는 것을 취미로 가지고 있기 때문이었다.

「엄마가 우리 집에 오면 분명히 사람 사는 집 같지 않다고 한 소리 할 거야. 화분 하나 없는 집은 볼품없다고 그러시니까.」

채경이 말했다. 화분 하나 놓이지 않은 집은 자칫 살풍경해 보일 수 있을지 몰라도 볼품없다는 말은 지나친 겸손이었다. 채경의 신혼집은 방이 세 개 달린 33평형 아파트의 19층이었다. 차분한 갈색 소파와 같은 색의 티 테이

블, 에어컨, 벽걸이 TV로만 꾸며진 거실은 환하고 쾌적해 보였다. 소명은 비어 있는 공간이야말로 그 자체로 인테리어라는 말을 다시금 절감했다.

새집에 이사 오면서 정리 정돈이 쉬운 공간을 꾸미고 싶은 마음과 수집품을 잔뜩 늘어놓고 싶은 마음이 충돌했던 채경은 소명 덕분에 해결책을 마련했다며 고마움을 표했다. 그 해결책이란 가득 찬 공간과 비워 두는 공간을 분리하는 것이었다.

채경은 신혼집의 거실뿐만 아니라 침실에도 최소한의 가구만을 두었다. 대신 서재는 그녀와 남편이 지금까지 모은 책과 잡지, DVD로 가득 차 있었다. 게다가 책장의 사이사이에는 남편의 수집품인 미니언즈와 심슨의 피규어를 세워 둔 터라, 소명은 지나가면서 뭔가를 떨어뜨릴까 봐 자기도 모르게 어깨를 움츠리게 됐다.

혼잡하기는 옷 방 또한 마찬가지였다. 그 방의 한쪽 바닥에는 각종 운동화 상자가 즐비했는데 그 역시 채경 남편의 수집품이었다.

「운동화 모으는 건 존중할 테니까 상자는 버리자고

꿈은, 미니멀리즘

했더니 사색이 되더라고.」

「그래도 이렇게 패션에 관심이 있는 사람이니까 그 드레스를 같이 맘에 들어 했을걸. 완주만 하더라도 나더러 너 좀 말리라고 난리야.」

채경이 가벼이 한숨을 쉬었다. 그녀가 선택한 웨딩드레스는 무릎 선 위에서 끝나는 미니 드레스 스타일이었다. 채경은 원래 미니 드레스에 로망을 가지고 있었고, 실제로 입어 본 것 중에서도 그 드레스가 가장 마음에 들었다. 언제든 신부 대기실에서 벗어나 손님을 맞이할 수 있으리라는 점에도 기대가 컸다. 하지만 남편 외에는 모두가 반대하고 나서서 주눅이 든다고 했다.

「완주가 나더러 연예인도 아니면서 그게 무슨 유난이냐고 그러더라. 넌 어떻게 생각해? 사람들이 속으로는 다들 유난이라고 욕할까?」

「유난이라고 했어? 일단 그 말은 사과받아야겠다.」

채경은 〈그렇지?〉 하더니 휴대폰 벨이 울리는 거실로 뛰어나갔다. 통화를 마친 후에도 채경은 곧장 몇 건의 메시지를 확인하고 바로 답해야 하는 통에 소명에게 양해를 구했다.

「미안, 우리 무슨 얘기하고 있었니?」 채경이 비로소 휴대폰을 손에서 내려놓으며 말했다. 「나 요새 건망증이 너무 심해졌어. 이 회사 다니면서 집중력이 떨어져서 그런가?」

「스티브 잡스 같은 사람들은 집중력도 좋았겠지?」

소명이 반문하자 채경이 말의 의도를 모르겠다는 듯 고개를 갸웃거렸다.

「완주가 얘기해 준 건데, 스티브 잡스가 그랬대. 정말 중요한 선택을 하는 데 집중하고 싶으니까 옷에는 신경 안 쓴다고. 그럼 웨딩드레스는 그거 둘 다잖아. 정말 중요한 옷을 선택해야 되는 거니까.」

「맞다. 우리 웨딩드레스 얘기하고 있었지. 아, 이번 주 안에는 컨펌해야 되는데.」

「마음에 쏙 드는 게 있는데 남들 눈 때문에 못 입으면, 그게 더 후회되지 않겠어? 네 결혼식인데.」

채경은 소명의 말을 들으며 어딘가 석연치 않은 표정을 지었다. 그렇다는 것은 결국 주변의 성화에 자신의 취향을 포기하려는 것인 모양이라고 소명은 짐작했다. 하지만 채경은 〈마크 저커버그〉 하고 말했다.

「응?」

「그거 스티브 잡스 아니고 마크 저커버그 얘기라고. 그 사람도 회색 티만 입잖아.」

채경이 웃었고 소명도 따라 웃었다. 어찌 됐든 완주의 얘기에는 신경 쓰지 않아도 되겠다고 하자 채경은 아무래도 그래야겠다고 말하며 두 팔을 드높이 들어 올리고 기지개를 켰다.

10

옷, 책, 화장품, 신발, 낡은 세간, 주방과 욕실의 구석구석과 서랍 속까지 치우며 계획했던 정리 작업을 모두 마친 소명은 자신의 방 안을 훑어보았다. 그리고 스툴이 놓인 방의 사진에 시선을 던졌다. 이 단계가 되면 어느 정도 비슷한 분위기가 나지 않을까, 하고 소명은 기대해 왔다. 하지만 달랐다. 몇 가지 결정적인 요소가 빠져 있는 듯했다.

그중 한 가지는 공간의 넓이였다. 예의 스툴 사진뿐 아니라 소명이 동경하는 미니멀리스트들의 집은 윤기 나는 마룻바닥을 드러낸 채 비어 있는 공간이 존재했다. 원룸에 거주하는 미니멀리스트 중에 접이식 매트리스를 고집하는 이가 존재하는 이유를 소명은 이제야 알 수 있었다. 대부분의 원룸에는 여백의 미를 느낄 만한 공간 자체가 성립하지 않으니까. 특히 지금처럼 침대 발치에 건조대를 펼쳐 놓고 있을 때, 여백의 미라는 것은 손에 닿지 않는 사치품처럼 자신의 방과는 거리가 먼 얘기가 되어 버렸다.

하지만 소명의 방에서 모자란 점은 그뿐만이 아니었다. 건조대를 정리한다고 하더라도, 심지어 침대를 치운다고 해도 해결되지 않을 근본적이고 결정적인 문제가 있는 것만 같았다.

다소 울적한 기분이 되어 침대에 걸터앉아 있던 소명은 문득 방 안을 사진으로 보면 느낌이 조금 다를 수도 있다는 데 생각이 미쳤다. 그 즉시 소명은 자리에서 일어나 건조대를 등지고 사진을 찍어 보았다.

침대 위에 적당히 구겨져 있는 하얀 시트, 가운데 노

트북이 놓였을 뿐 깔끔하게 비어 있는 작은 탁자, 그 옆으로 아쿠아마린 포스터까지 전반적인 느낌은 그럭저럭 나쁘지 않아 보였다. 보정 어플을 통해 콘트라스트를 조정하자 좀 더 봐줄 만해졌다. 그러나 거기까지였다. 사진 속 공간이 마음에 쏙 드는가 자문한다면 소명은 여전히 대답을 망설이게 되었다.

더 치워야 할 것을 놓치고 있는 것은 아닌지 소명은 방 안을 차근히 둘러보았다. 점심시간을 맞이한 동우에게서 연락이 온 것은 바로 그 시점이었다.

「잘 지내시나요? 새싹 통신입니다.」

소명은 동우의 목소리를 듣고 미소 띤 얼굴로 화분 앞에 섰다. 그리고 자기도 모르게 비명에 가까운 소리를 냈다. 새싹 끄트머리가 팥죽색을 띠며 시들어 가고 있기 때문이었다. 소명은 뜻대로 되는 일이 없다며 자기도 모르게 볼멘소리를 했다. 동우는 아쉬운 듯 혀를 차더니 이유는 간단하다고 말했다. 물, 아니면 햇볕일 거라는 거였다.

햇볕. 그 말을 듣자마자 소명은 조금 전까지 골몰하던 문제의 해답을 알게 됐다. 단순하면서도 청결하고 안락한 분위기의 공간이 담긴 사진에는 항상 햇살이 담겨 있었다. 스툴이 있는 방 사진 또한 마찬가지였다. 벽면과 스툴, 바닥을 가로지르며 부드러운 햇살이 드리워져 있었던 것이다. 소명의 집은 동향이라 동이 트고서 오전까지만 햇볕이 들었으며 침대의 머리맡에 난 창도 크지 않았다. 소명은 자기도 모르게 한숨을 쉬었다. 동우는 자신에게 새싹을 되살릴 해결책이 있다고 말했다.

「솔루션을 드리는 김에 선물도 하나 드릴게요. 특별한 걸로.」

동우가 15분 안에 도착한다고 했으므로 소명은 건조대에 널어 둔 옷을 개기 시작했다. 건조대만 치우면 언제든 방문자를 맞이할 수 있는 정리 상태를 유지하고 있다는 점에서 소명은 조금 전보다 기분이 나아졌다. 그때 눈에 띈 것이 행거 맨 앞에 걸어 둔 원피스였다. 특별한 선물도 있으니까, 하며 아주 오랜만에 그 원피스를 입어 보았다. 벌룬 소매에 치마 끝단에는 태슬이 찰랑거리는 원피스는 유행이 조금 지난 스타일이었다. 그럼에도 소명은 여전히 그 옷이 좋았다. 다리를 스치는 얇고 시원한 원단의 촉

감을 느끼며 역시 이 원피스는 가지고 있어야겠다고 마음
먹었다.

얼마 되지 않아 도착한 동우가 제시한 해결책은 간단
했다. 화분을 옥상에 올려 두는 것이었다. 소명은 이 집으
로 이사 온 이래 한 번도 옥상에 올라가 본 적이 없었고, 그
곳에 이미 화분이 한두 개쯤 있으리라는 동우의 말에 반신
반의했다. 하지만 옥상 위에 올라가자 직사각형의 큼지막
한 화분을 가득 채운 상추와 깻잎이 보였다. 그 옆에는 코
끼리 모양의 물뿌리개가 놓여 있었다.

동우는 옥상을 한 바퀴 돌며 고심하더니 오후까지 햇
볕이 잘 드는 자리에 화분을 놓고는 표면의 흙이 듬뿍 젖
도록 물을 주었다. 그러더니 진짜 좋은 것은 이제부터라고
말하고 메고 있던 백팩에서 접이식 낚시용 의자를 꺼내 펼
쳤다. 소명은 샛노란 나일론 소재의 낚시 의자가 특별한
선물인 걸까, 하고 고개를 갸웃했다.

「혹시 이것도 빈티지예요? 내가 몰라보는 거예요?」

「아니요, 이건 다이소에서 사 온 거예요. 일단 앉아
보세요.」 동우가 어서 앉아 보라는 듯 손짓했다. 「의자는

도울 뿐. 중요한 건 화분 옆에 앉아서 멍 때리고 있는 거예요.」

「그러고 얼마나 있는데요?」

「물 준 게 완전히 마를 때까지요. 저는 사실 그 맛에 식물을 키우거든요.」

그러더니 동우는 옥상 바닥에 다리를 쭉 뻗고 앉았다. 「이런 시간을 가져 보라고 저한테 전파해 준 사람이 누구냐면요, 제가 크라비에 있었을 때…….」

「멍 때리라며. 그건 조금 이따가 얘기해요.」

소명은 동우의 입술에 검지를 살짝 데었다가 뗐다. 그러자 동우가 겸연쩍은 듯 입술을 앙다물더니 고개를 끄덕였다. 소명은 물과 햇볕을 받아 반짝이는 새싹을 잠시 바라보았다가 먼 하늘에 시선을 던졌다.

그 순간 가장 먼저 떠오른 것은 보험 약관을 부모님 것까지 점검하는 게 얼마나 귀찮을까 하는 생각이었다. 이럴 줄 알았다면 선크림을 두껍게 바를 걸, 하고 후회도 했다. 그리고 어젯밤 잠들기 전에 읽다가 만 기사를 다시 읽어 봐야겠다는 생각이 스쳤는데, 기사 속에 등장하는 기술을 익힐 방도가 있다면 배워 보고 싶기도 했다. 뭔가를 배우고 싶다는 마음이 생긴 것은 꽤나 오랜만의 일이었다.

잠자리 한 마리가 소명의 시선을 가로지르며 날아갔다. 벌써 잠자리가 등장하다니. 한 해의 절반이 지나 버렸다는 사실이 실감 났다. 또래 친구가 소유한 것, 회사 동료들이 가지고 있는 것, 그러나 자신은 갖지 못한 것과 여전히 부족한 점들이 차례차례 떠올랐다. 아무런 생각도 하지 않고 잠시나마 머릿속을 완전히 비우는 데도 연습이 필요한 것 같았다.

「무슨 생각해요?」동우가 침묵을 깨며 소곤거렸다.

「아무것도, 아무 생각도 안 해요.」

소명이 말했다. 그것은 거짓말이 아니었다. 이제부터 정말로 머릿속을 텅 비워 볼 참이었다. 자신에게 그러한 시간이 얼마나 필요한 것이었는지 소명은 지금 막 깨달았다.

꿈은, 미니멀리즘

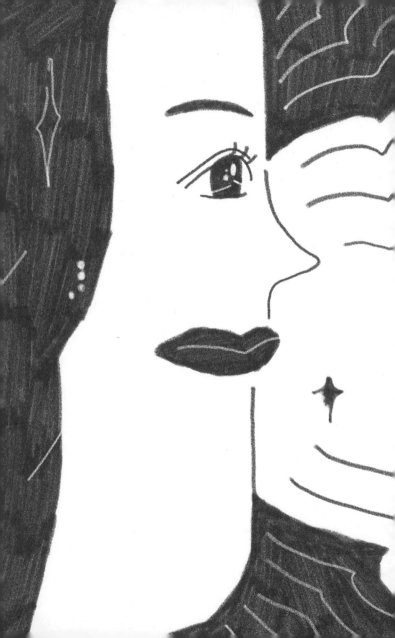

"〈어머, 이건 써야 해!〉를
   외치는 순간"

은모든

「꿈은, 미니멀리즘」은 어디서, 어떻게 시작되었나?

끝까지 제격이다 싶은 제목이 떠오르지 않는 이야기가 있는가 하면, 처음부터 형태를 갖춘 제목으로 사뿐히 다가와 그 제목에서부터 시작되는 이야기가 있다. 이번 소설의 경우는 후자였다.

본인이 생각하는 이 이야기의 중심은 어디인가?

첫 번째 챕터를 중심에 두고 쓰기 시작했으나 이야기가 진행되는 동안 어느새 중심이 조금씩 새싹 쪽으로 이동했다.

현대인의 비슷비슷한 고민이나 일상적인 모습을 소설이라는

작가 인터뷰

이야기 형식 속에 유쾌하게 담아낸다. 어떤 계기로 사람들의 소소한 일상을 소설로 옮기게 되었나.

퍼즐을 맞출 때 가장 커다란 조각의 자리부터 찾기 시작하지만 이내 작은 조각들의 자리를 찾는 데 시간을 쏟게 되는 것처럼 지극히 자연스러운 일 같다. 전체 그림이 완성되는 데는 작은 조각이 필요할 뿐만 아니라 큰 조각과 작은 조각은 대개 맞닿아 있으므로.

최근의 화두는?

이 질문의 답은 어쩐지 함수로 표현해 볼 수 있을지도 모르겠다는 생각이 든다. 이 함수에서 X축을 이루는 것은 경쟁 사회의 중심에서 밀려나거나 소진돼 버린 사람들에 대한 관심일 것이다. 한편 Y축은 리듬감 있는 농담과 심리 실험에 대한 탐구에 할애되어 있다. X축과 Y축을 잇는 적절한 값을 구해서 소설 쓰는 한량으로 오래 살아남을 수 있기를 소망한다.

아방의 일러스트를 보고 본인이 생각했던 이미지와 어떻게 같고 어떻게 달랐나?

소명을 매혹시킨 〈스툴이 놓인 방〉처럼 미니멀리즘을 지향하는 공간의 이미지는 대개 화이트 톤이 주조를 이루므로 어떤 컬러가 선택될 것인지가 가장 궁금했다. 일러스트를 접했을 때는 나팔꽃이나 어둠이 드리워진 강물, 혹은 타일의 빛깔을 연상시키는 오묘한 컬러감이 인상적이었다.

그림 작품이 계기가 되거나 영감이 된 적이 있나?

그림보다는 〈그림 같은〉 풍경 쪽에서 아이디어를 얻는 경우가 많다. 올여름에는 유달리 하늘과 구름에 시선을 자주 뺏겼고, 그 점이 「꿈은, 미니멀리즘」에도 자연스레 반영되었다.

꼭 일해 보고 싶은 일러스트레이터나 화가가 있다면?

김홍도의 「마상청앵」 같은 풍속화의 이미지와 병치시킬 수 있는 글을 꼭 써보고 싶다.

이야기를 짓는 것이 어떤 즐거움을 주는가?

하릴없이 스마트폰 화면을 넘겨보다가 〈어머, 이건 사야 해!〉라고 (물론 속으로, 그러나 힘차게) 외치는 순간을 떠올려 보시라.

발견의 기쁨과 심장을 물들이는 설렘을. 그 덕에 다가올 카드 값에 대한 부담감을 예상하면서도 애써 모르는 척하게 되는 그 순간을. 카드 값에 대한 부담을 이야기와 인물을 구체화하는 막막함으로만 치환하면 〈어머, 이건 써야 해!〉를 속으로 외치는 순간 느끼는 감정도 그와 닮아 있다.

소설을 쓸 때 중요하게 생각하는 본인만의 원칙이 있다면?
패배주의로 치닫는 방향과는 가급적 거리를 두고자 한다.

소설에 확신이 들지 않을 땐 어떻게 하는가?
산책하는 시간과 애정에 기댄다. 우선 산책하는 시간을 늘린다. 걷다가 땀이 나면 카디건을 입었다가 벗었다가 하듯이 소설에 관해 생각하다가 말다가 반복하며 오래 걷는다. 그런 다음에는 애정을 가지고 작품에 의견을 주는 이에게 구체적인 의견을 묻는다.

색다른 것을 해야 한다는 강박 관념은 없나?
색다른 이야기의 기준이 각자 다를 것이므로 그 점에 구애받지 않고 쓰려고 한다. 강박 관념까지는 아니지만 일정 정도의 가독성을 가진 소설을 쓰리라는 다짐은 자주 한다.

은모든에게 〈소설〉은 무엇인가?

손바닥 너비의 공간을 밝힐 빛만 주어진다면 언제 어디서든 세계와 인간을 더듬어 나갈 수 있는 매체.

〈소설〉은 현시대에 어떤 힘을 지니고 있다고 생각하는가?

앞에서도 산책 이야기를 했지만, 소설의 장점은 산책이 가진 매력과 상당히 유사하다고 본다. 특유의 홀가분한 느낌, 원하는 속도대로 즐기고 언제든 멈춰 설 수 있는 점이 그러하다. 게다가 버릇을 들이면 때때로 잊지 못할 근사한 순간을 선사하기도 한다는 점에서도 닮았다.

좋아하는 단편 소설을 꼽는다면?

레이먼드 카버Raymond Carver의 작품을 가리지 않고 좋아하지만 그중에서도 가장 여러 번 읽은 것은 「뚱뚱보」이다. 최근 들어서는 권여선 소설가의 「이모」에 감탄하여 만나는 사람마다 권하고 다녔다.

어떤 이야기를 쓰고 싶나?

궁극적으로는 동시대 여성들과 함께 앞으로 나아가는 방향의 이야기를 쓰고 싶다. 또 하나 요즘 들어 자주 생각하는 것은 내성적인 인물과 외향적인 인물이 고루 등장하는 이야기를 써야겠다는 점이다.

이 책을 〈테이크아웃〉 한다면 어떤 공간과 시간으로 이 책을 가지고 가고 싶은지?

할 일은 쌓여 있는데 손가락 하나 까딱하지 않고 침대 위에 뻗어 있는 이의 머리맡, 혹은 볕 좋은 날 오후의 피크닉 매트 위.

" 압축된 선 몇 개로 표현되는 도형 같은 이야기 "

아방

「꿈은, 미니멀리즘」을 읽고 가장 먼저 떠오른 이미지는?

도형이 생각났다. 어떤 형태로 압축되어 선 몇 개로 표현되는 도형. 집 안의 너저분한 물건들을 버리고 생각을 버리는 과정이 모양이 다른, 작은 상자 안에 꼭 필요한 것들만 차곡차곡 정리하는 모습 같았다.

소설 속에서 인상적이거나 중심이라고 생각했던 장면이나 이미지는?

TV를 치우고 나서 침대에 누워 방 안을 둘러보는 장면이 인상 깊었다. 오래 미뤄 오던 것들을 정리하고 잠시 쉬려 침대에 누우면 뭔가 말끔하면서도 허전한 느낌이 들지 않나. 나도 추억이 깃든 물건들을 잘 버리지 못하는 타입이라 TV를 떼어 낸 자국을 보면서 주인공이 어떤 기분을 느꼈을지 상상해 보는 것이 재밌었다.

채도가 높고 밝은 컬러를 주로 사용한다. 작업을 할 때 컬러를 어떻게 사용하고 있는지 궁금하다.

그림마다 중심이 되는 인물이 있는데, 인물의 표정과 분위기를 드러내 줄 키 컬러 하나를 고르고 주변 컬러는 그에 어울리도록, 또는 전혀 주된 감정을 예상하지 못하도록 반대로 쓰는 경우가 많다.

이번 작업에서 파랑을 선택한 이유는?

주인공과 그의 하루하루를 그림으로 그렸는데 내가 생각하기에 가장 일상적으로 괴리감이 느껴지지 않는 컬러를 선택했다.

그림이 위트 있고 유머러스하다. 그리고 늘 밝다. 그런 분위기를 만드는 이유가 있나?

〈위트 있는〉, 〈유머러스한〉, 〈밝은〉 등등의 느낌은 그림을 보는 사람이 만들어 내는 단어라서 피드백을 들을 때마다 내 그림을 새롭게 보게 된다. 처음부터 끝까지 묵직하거나 진지한 분위기를 좋아하지 않기 때문에 위트와 유머를 그림에 담고 싶은 마음은 늘 있다. 밝은 분위기를 느낀다는 피드백은 재밌다. 정작 그림의 표정들은 밝은지, 어두운지 추측하기 힘든데 아무래도 화사한 컬러 때문에 사람들이 그렇게 느끼는 것 같다.

비대칭적이고 개성 강한 인물들을 그린다. 그에 비해 이번 작업의 인물은 정상적인 비율로 그려졌다. 평소 그리던 인물들과 어떤 점에서 차이를 둔 것인가?

의도한 부분이 아니어서 미처 몰랐다. 인물의 생활 반경 속 물건들과 상황에 초점을 맞추어 생각하다 비율의 왜곡이 크게 중요한 부분이 아니어서 그렇게 된 것 같다.

최근에 어떤 것에서 재미를 느끼나?

예전에는 하나로 통일되지 않는 스타일이 스트레스였는데 최근에는 그런 게 재밌다. 일의 종류나 매체에 따라 여러 스타일로 작업하는 것이 재밌다.

작가 인터뷰

스타일에 대해서 더욱 고민하는 편인가?

항상 고민한다. 요즘에는 채색이나 형태에 포커스를 맞춰 고민하기보다는 전체적으로 어떤 바이브를 전달할지 고민을 많이 한다. 그리고 예전에는 〈사람들에게 어떻게 보여질지〉를 고민했는데 최근에는 〈사람들이 어떻게 느낄지〉를 생각한다.

그림에 확신이 들지 않을 땐 어떻게 하는가?

기다린다. 처음 한두 번 그런 기분이 들었을 때는 당황하고 슬펐는데 그런 적이 주기적으로 찾아오는 걸 알게 됐을 때는 그냥 기분을 환기시킬 수 있는 영화나 사진을 보면서 시간을 보낸다. 그러다 보면 색다른 생각과 에너지가 생긴다.

요즘 관심을 두고 있는 주제나 생각이 있나?

평면으로써의 그림 한 장이 얼마나 큰 힘을 가지는지 알고 있지만 한 번 씩 찾아오는 지루함을 해소할 방법을 찾고 있다. 그렇다고 오브제에 그림을 입히거나 영상으로 만들어 움직이게 하는 건 뻔해서 다른 무엇이 있을까 고민 중이다.

여행 에세이도 단행본으로 나왔고, 전시는 물론 제품도 만들고 있다. 이런 다양한 활동을 하면서 색다른 것을 해야 한다는 강박 관념은 없나?

물론 하고 싶다는 마음이 우선이지만 그 마음 안에 나도 모르는 강박이 같이 있는 것 같다. 그렇지만 역시 〈색다른 것을 하고 싶다.〉

의뢰를 받아서 하는 작업이 개인 작업에도 도움이 되나?

외주 작업과 개인 작업을 최대한 5:5의 비율로 유지하려 노력하는데, 개인 작업과는 접근 방법부터 마무리까지 달라서 확실히 분리되어 있다. 그래도 간혹 브랜드 이미지에 영감을 받아 아트워크를 만드는 추상적인 프로젝트는 생각할 거리가 많고 나의 상상이 꽤 중요해서 일을 기회 삼아 실험하기도 한다. 그런 작업이 몇 개 있다.

요즘 어떤 종류의 개인 작업을 하는지?

패션 사진에 영감을 받은 콜라주 작업을 하고 있다. 손으로 그릴 수 있는 만큼이라고 해야 하나, 딱 그만큼을 종이에 표현하는 그림이 좀 지루해졌다. 콜라주는 역시 평면적이기는 하지만 그림의 영역을 넓혀 주어 재밌다.

고전 화가들에게서 영향을 받은 적이 있는지?

르네 마그리트RenéMagritte의 초현실 작품을 어릴 때 처음 보고 강렬한 인상을 받았다. 회화적 기법이나 기술보다 생각하는 방식과 컬러 팔레트에 알게 모르게 영향을 받은 것 같다.

그림의 아이디어는 어디서 어떻게 나오는가?

평소에 사진을 많이 본다. 모델의 표정이나 눈빛이 마음을 당기는 사진이나 판타지적인 분위기와 스토리가 느껴지는 사진들을 유심히 보면서 나만의 이야기를 만들어 내는 과정을 거친다.

어떤 도구를 주로 사용하나? 즐겨 쓰는 재료가 있는가?

여러 가지 닥치는 대로 쓰는 편이고 주제나 용도에 따라 다른 재료를 선택하는데, 평소 가볍게 드로잉할 때는 색연필을 자주 쓴다.

그리기 과정에서 중요하게 여기는 것은?

디지털 후보정을 중요하게 생각해서 거의 50퍼센트의 비중을 차지할 정도로 시간을 투자한다. 이때 색감과 질감, 오브제가 많이 바뀐다.

문학 작품을 읽으면서도 영감을 얻는지 궁금하다. 최근에 어떤 작품을 읽었는가.

항상 문학에 영감을 받은 그림을 그리고 싶다는 생각을 했다. 다른 일이 바빠서 실천해 보지는 못했다. 최근에는 사무엘 베케트Samuel Beckett의 「고도를 기다리며Waiting for Godot」를 읽었다.

그림을 그릴 수 없는 상황이 닥친다면 어떤 식으로 〈그림〉에 대한 욕구를 표현하겠는가?

글을 쓰거나 사진을 찍거나 컬러를 조합하는 행위 등으로 대신할 것 같다. 그림은 어떤 상황이나 기분, 머릿속에 떠오르는 것들을 표현하고 싶어서 그리는 것이므로 그림 외 다른 방식으로 표현, 표출할 수 있다면 그것을 할 것 같다.

작가 인터뷰

은모든

대학에서 문예창작을 전공했다. 「애주가의 결심」으로 2018 한경신춘문예 장편 소설 부문에 당선되며 작품 활동을 시작했다. 출간된 책으로 장편 소설 『애주가의 결심』이 있다.

아방

출판물, 방송, 광고, 앨범 커버, 제품·패션 브랜드 등과 다양한 협업을 진행하며 활발히 활동 중이다. 여행 에세이 『미쳐도 괜찮아 베를린』을 펴냈다.

TAKEOUT 16
꿈은, 미니멀리즘

글 은모든 **그림** 아방 **발행인** 홍유진 **발행처** 미메시스
주소 경기도 파주시 문발로 314 파주출판도시
대표전화 031-955-4400 **팩스** 031-955-4404
홈페이지 www.mimesisart.co.kr **email** info@mimesisart.co.kr

Copyright (C) 은모든, Illustration Copyright (C) 미메시스, 2018, Printed in Korea.
ISBN 979-11-5535-146-8 04810 979-11-5535-130-7 (세트)
발행일 2018년 11월 1일 초판 1쇄

이 도서의 국립중앙도서관 출판예정도서목록(CIP)은 서지정보유통지원시스템 홈페이지
(http://seoji.nl.go.kr)와 국가자료공동목록시스템(http://www.nl.go.kr/kolisnet)에서
이용하실 수 있습니다. (CIP제어번호: CIP2018031898)

이 책은 실로 꿰매어 제본하는 정통적인 사철 방식으로 만들어졌습니다.
사철 방식으로 제본된 책은 오랫동안 보관해도 손상되지 않습니다.

테이크아웃은
단편 소설과 일러스트를 함께 소개하는
미메시스의 문학 시리즈입니다.